진
눈
깨
비

진눈깨비

포엠하우스 19집
포엠하우스 10인의 신작시집

초판인쇄 | 2021년 11월 20일
초판발행 | 2021년 11월 30일

지 은 이 | 이병관 송미선 정보암 최병철 장정희
　　　　　　김미희 김미정 박상길 이복희 양민주
발　　행 | 포엠하우스 양민주
펴 낸 곳 | 도서출판 작가마을
등　　록 | 2002년 8월 29일 제 2002-000012호
주　　소 | 부산광역시 중구 대청로 141번길 15-1 대륙빌딩 301호
　　　　　　T. 051)248-4145, 2598 F. 051)248-0723 E. seepoet@hanmail.net

ISBN 979-11-5606-182-3 03810 정가 10,000원

※ 본 시집은 김해시 지방보조금 지원을 받은 책자입니다.

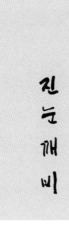

진눈깨비

포엠하우스 19집

도서출판
작가마을

이 시집은

칸칸으로 지어진 집이다

칸마다 한 시인이 산다

시인들은 늘 즐겁다

아니, 즐거움을 추구한다

그러지 않으면

시인의 삶이 아니므로

– 포엠하우스 동인 일동

포앰하우스 19집
진눈깨비

• **차례**

2021

● 이 복 희

● 양 민 주

2021

포앰하우스 19집

진눈깨비

이병관

- 《한글문학》 등단
- 김해문인협회 회원
- 낙동강문학상 수상
- 김해문학상 수상

▶▶▶

poem house

안다미로 받은 사랑

철부지 세월 무수히 보내고
이제 부모 조부모 나이에 당도하고 보니
따뜻한 곰탕 한번 사드리지 못한 불효
속 쓰리게 사무칠 때가 있다
안다미로 사랑받아 생살이 된 은혜 갚으려고
성묘한 뒤 술 한 잔 두 손 모아 올리면
찔끔찔끔 흘러나오는 속사랑
가만히 하늘 쳐다보며 손등으로 닦는데
절로 나오는 한숨과 함께 한 말씀 올린다

하늘나라에선 부디 만수무강 하십시오

윤슬에 빠지는 날

바람 찬란한 황혼 녘 몰운대에 서서
가만히 윤슬 위에 내 마음 얹어 놓으면
세속에 긁힌 상처 치유되더라
바위에 편안히 걸터앉아
임자 없는 넓은 바다 내꺼라 생각하니
세상에 어떤 부자도 부러울 것 없더라
중독된 듯해서 약간 걱정은 되지만
시도 때도 없이 발길 가는 이 습관
마음 독하게 먹는다고 고칠 순 없고
마지막 늦바람인 듯 오히려 좋더라

운전대 잡은 김에 또 슬슬 한 바퀴 돌고 올까

습관이 된 적바림

늘 들고 다니는 손가방 속 노트
생각 툭툭 불거질 때 얼른 꺼내어선
시랍시고 몇 줄 긁적거려 놓는다
사람마다 습작 방법 다르겠지만
한 구절의 적바림이 묵은내 날 때쯤이면
옷차림을 갖추어 입으니 흐뭇하더라
대중가요 가사 뒤적거리며 노래도 하고
특이하고 재미있는 각종 뉴스도 적혀있으니
이야깃거리 이어 가는 데도 편하더라
손전화기보다 더 필수 휴대품이 된 노트
이만해도 늦깎이 단짝이 된듯싶다

다님길이 신기한 나라

한국 방문한 외국인이 신기해하는 것
산등성이마다 다님길이 나 있는 거라는데
그동안 한 달 두 번씩 산행한 것만 해도
삼백오십 회를 훌쩍 넘겼다
이 산 저 산 어디를 가더라도
산꼭대기까지 다님길이 있어 참 좋은데
아주 가팔라도 이야기 주고받으며 오르면
어느새 정상에 도달하게 되고
가져간 김밥 한 줄에 막걸리 한 잔은
꿀맛도 그런 꿀맛이 없었지
핸드폰으로 받는 산행 메시지 올 때마다
즐거운 하루를 준비하는 재미가 쏠쏠하다

약수터 풍경

어릴 적엔 됫병 몇 개 들고 동네 뒤 약수터에 가서
매일 약수 담아와 먹는 물로 사용했지
건강을 챙기려면 당연히 그래야 한다고
하루 일과 시작이 그거였지
그때 약수터 다 그대로 있는데
왜 요즈음은 물 뜨러 가는 사람이 없을까
수돗물만 먹어도 좋다고들 하는 데다
마트마다 온갖 생수 사 먹을 수 있으니
이제 샘물은 도외시하는 것 아닌가
그래도 우리 동네 주변 그리 멀지 않는 곳
약효 좋은 약수터 어디인지 알아보고
자주 물 뜨러 다니면서 무병장수 챙겨야지
동행할 친구분, 전화 한번 주세요

자문자답

누가 그랬더라?
그게 뭐였더라?
자주 깜박깜박 지워지는 기억
가끔 황당하다 싶을 때도 많지만
웬만한 마음의 상처 어느새 없애주기도 하니
늦게 찾아온 복이 아닐까
젊었을 때 오만 잡생각에 부개비 잡혀
밤잠 못 자는 괴로움 겪어 봤으니 알지
깜박깜박하는 생리현상!
반가이 맞이해야 할 늦복 맞지?

깜냥 되는 분 어디 계시나요

여태까지 고운 눈길 준 적 많진 않지만
쉴새 없이 날뛰기만 하는 저 잘났다는 분들
신뢰는커녕 황당해서 고개 돌려진다
나라 장래가 수상스럽다 보니
말은 안 해도 은근히 걱정하는 이 많은데
묵묵히 텃밭 쟁기질에 열중하는
순한 황소 같은 분 모셔다 앉힐 순 없을까
날이 갈수록 간절해진다

송미선

- 2011년 《시와사상》 등단
- 시집 『다정하지 않은 하루』
  『그림자를 함께 사용했다』
- 김해문협우수작품집상
- 김해문인협회 회원

poem house

▶▶▶

가면을 대하는 태도

검은 거울 앞에서 피에로 분장을 한다 당신은 가쁜 숨을 누르며 모노드라마에 여념이 없고 달빛 한 줄기 끌고 온 나는 막장 같은 무대에 가스등을 밝힌다 음악에 몸을 맡긴 적 없다는 거리의 악사는 수저에 걸리는 낡은 숨소리를 연기한다

주사위를 던져놓고 능청스럽게 뒷짐 진 구경꾼처럼 흘리고 가는 독백은 무채색이다 가스등이 켜져 있는 동안 우리는 헤어졌고 다시 만나기를 여러 번, 서로가 낯설다 피에로의 위로는 미지근하고 분칠과 가면이 다르다는 것에 밑줄을 긋는다 치자 향과 은목서 향을 구별 못 한다는 게 당신이 돌아선 이유 세 가지 중의 하나

마지막은 없다는 듯이 돌아누우면 어디에나 오늘, 왼손잡이인 당신의 목소리가 걸린다 날개를 접고 오리발로 하늘을 나는 연습을 하며 고개는 끄덕였지만 다 믿지는 않았다 모자가 가면이 아니라는 것을 알았을 때는 이미 늦은 뒤

날아오르던 비눗방울이 터지듯 악사의 몸짓은 엔딩 속

으로 사라진다 딱딱 소리 내며 풍선껌을 씹지 못한다는
게 돌아서는 두 번째 이유

 커튼콜은 생략되고

접음의 미학

치악산 휴게소였어
별 볼일 없어도 휴게소에 닿으면 근심을 풀어야지
화장실로 향했다
습관적으로 휴지를 떼어
변기에 앉는다
무심결에 본 휴지통
둘둘 말거나 아무렇게나 구겨진 휴지 위로
두 번 아니면 세 번
얼룩 한 점 없이
반듯하게 접혀진 휴지가 놓여있다
누군가의 뒤태가 고스란히 묻어있다
그 위에 구겨진 나를 얹을 수 없어
어정쩡
앉지도 서지도 못한 채
이미 둘둘 뭉쳐진 두루마리를 본다
곱게 접힌 종이 손수건
뜻밖의 미학에 덜미를 잡힌다

오로라

　잠을 끊었다 먹구름에 불면을 섞어 느티나무 그늘에 말려두었다 빗방울이 손바닥으로 스며들자 부스럭거리며 잠이 피어난다 수면제의 웃음소리가 잠의 모서리에 부딪히고 엎드린 그림자가 왼쪽으로 고개를 꺾는다

　오로라의 기억으로 한 생이 지겹지가 않다 맥박이 느려지면서부터 불면에도 리듬이 있다는 것을 발견했다 숨겨둔 수면제는 던져버리고

　그늘이 짙어 흔들릴 때마다 다행이면서도 슬펐다

　잠의 무중력을 이해하고부터 말문이 트였다 뭐든지 받아들이기로 한 뒤

　너무 환해서 보이지 않던 다음 생이 지나간다

풀밭

오히려 염소는 말뚝을 지키고 있는데
목줄을 감고 있는 내 고삐는 고무줄이다
수염 사이에 심어둔 뿔이 활시위를 팽팽히 당기고 있
다

염소의 비위를 건드리며
나는 엄살을 피운다

풀밭에 발을 들여놓은 뒤부터
목줄이 헝클어졌다
그럴 때면 바위산을 향해 목을 길게 빼고

잠들기 전에 꿈을 고르다가
이명 속에서만 살 수 있다는 염소의 앞무릎을 꿇린다
등줄기에서 말라버린 풀밭은 사라지지 않고
처음 뱉어낸 울음을 기억해 낸다

한발 물러선 자리에서 아직도 머뭇대는 염소가
하릴없이
바위산만 올려다본다

〉

흰 뿔과 수염이 잠시 자리를 바꾸는 사이
길어진 발톱 때문에 자주 발목이 부러졌다

헛웃음을 한 곳에 모아

파란 브래지어가 날개로 보이고 싶다면서
소매가 없는 옷만 입었다
겨드랑이에 깃털이 돋기를 기다리며

신문지를 덮고 자 본 사람은 속옷을 뒤집어 입는다
축축해진 인쇄활자로 몸을 말린다
성인용품점에서 문학토크를 했다는 작가의 말을 들으며
창으로 들어오는 빛의 각도에 따라 웃음소리를 조율했다

처음 듣는다고

기억나지 않는다고 하니
함께 보았던 그 풍경이라며
너는 태엽을 천천히 푼다
헛웃음을 한곳에 모아 톱니처럼 뾰족하게 다듬어
내게로 던진다

불덩이였다 살얼음 낀 물수건을 이마에 올려주는데

너의 손을 잡아 이마에 얹는다

젖은 새소리가 들리는 창문을 연다

까치밥

해질녘 사과밭을 지나간다
가지 끝에 차려놓은 까치밥 사과 서너 개를 슬쩍한다
뭇 새들이 입 댄 흔적 옆으로
지문 하나 더 얹는다

쪼아대던 부리가 까치밥을 따라 호주머니로 들어온다
헤진 지문이 부리에게 손을 내민다

그다지 착하지 않는 어제와 내일이 사라질 채비를 서
두른다 나는 잘못도 하기 전에 용서를 빌고 있다 이제 그
만하면 되지 않겠냐고 할 만큼 했으니 미안해 않겠다고
견디는 중이라고, 길어진 손가락으로 호주머니를 잠재
우는 중이라고, 달라붙는 소문을 털어내야 한다 한쪽 신
발 끈은 풀어 사과나무에 걸어 두고 노을을 쫓아가려 다
른 쪽 신발 끈을 조인다

빈 나뭇가지에 걸려있는 노을은 까치밥이 써놓은 반성
문

정전

참치 캔 속으로 숨어들었던 바람이 쓰윽, 손을 뻗어
횡단보도에 서 있던 나를 잽싸게 낚아챈다
사거리를 막 지나가려던 재활용 고철 수집 트럭이
빨간불 앞에서 쓰러질 듯이 브레이크를 밟는다
그물망에 갇혀있던 빈 참치 캔이 바닥에 쏟아진다
횡단보도 빗금 아래서 숨죽이고 있던 바다가
파도를 휘감아 올린다
옆 차선을 달리던 바퀴의 눈에서
욕설이 튀어나온다
클랙슨이 비명을 지른다
불면증에 시달린 신호등은
평생 감아보지 못한 눈을 빈 깡통 속으로 집어넣으려고
껌벅이고 있다
뒤늦게 도착한 교통경찰도 모자를 벗어버린다
끈질기게 내 발목을 잡고 있던 그림자가 채 돌아오기
전에
철컥,
하늘이 닫히고

유통기한을 지운다

포앰하우스 19집

진눈깨비

정보암

- 1997년 《창조문학》 신인상
- 2014년 창조문학 대상
- 창조문학가협회 이사
- 시집 『사계』 『오후 네 시, 새 출발 준비할 시간』

▶▶▶

poem house

밥맛

밥이 만약
단팥죽 맛이거나
치즈 맛이거나
매운 닭발 맛이라면
그토록 오랜 세월
질리지 않고 먹었을까

밥맛이 밥맛일 때
부식을 돋보이게 하고
부식에 무연히 어울리고
밥상을 아름드리 만든다

밥맛이라 하대 말지니
그 밥맛
오물오물 가만히 씹으면
가장 달콤한 맛이 된다
스르르 입안에 녹아
세상살이 힘이 된다

밥맛 같은 우리 어울려
밥맛처럼 살고 싶다.

산 자는 깨달은 자

살아있는 자는
모두 깨달은 자

존재하는 것은
누구나 거룩한 화신

이슬 머금은 작은 풀꽃
그 풀꽃 기어오르는 벌레

거친 세월 충적하며
더러 기지개 켜는 바위산

만년 생이든 하루살이든
나뭇잎으로 드러낸 바람이든

있는 것 모두는
달관의 철학자.

연명치료 거부서

그녀는 연명 의료 행위를 원치 않았다
상처 입은 사자가 연명 구걸하지 않듯
노쇠한 코끼리 발밑의 운명 뭉개지 않듯
자신의 존엄 엿가락처럼 늘이기 싫어했다

그녀는 침대 짊어진 생에 절대로 단호했다
두 발로 자신의 의지대로 사는 게 생이라 했다
국립연명의료기관에서만 신청이 가능하다며
연명치료 거부 의지 획마다 또렷이 새겼다

그런 그녀가 지금 요양병원 치매병동에 있다
노화 거부는 미처 챙기지 못한 듯 공허한 눈빛
책상 위 연명의료행위거부서 먼지가 쌓이는데
그녀는 오직 배고프단 소리만 지르고 있다

모든 것 잊은 그녀는
생에 대한 본능을 잊지 않았다.

단풍

산벚나무 다시 꽃 피운다
잘 터진 팝콘
봄꽃이라면

가을꽃은
세월 걸러낸
광합성의 거친 숨결

호흡 잎맥마다 걸걸해
붉은 기운 선연하구나

애썼다 애썼다
지난여름 폭풍우
뙤약볕 잘도 견뎠구나

봄꽃은 생명의 잉태
단풍은 생명의 완성
장년의 염치가 발그레하다.

방생

비건을 시작하면서
월척 방생이 잦아졌다
온갖 풀들의 목을 쳐
삶고 데치고 적당히 버무려
뱃속에 시나브로 양식해
한 자 넘게 자란 장어
신령한 태아 출산하듯 방생한다
희고 기다란 터널을 지나
월척은 어느 바닷가에서
방생의 자유를 만끽할거나
육류 양식으로는
월척은커녕 피라미도 어렵다
들판의 풀도 생명이긴 하지만
구태여 채식 강조한 님은
물고기 습성을 잘 아셨나보다.

잠

잠과 죽음은
소리도 비슷하지만
모습도 이웃사촌

잠이 안 깨어나면
그는 곧 죽음으로 변신한다

죽음이 깨어나면
그는 어느새 잠으로 안도한다

누가 업어 가도 모르고
누가 불태워도 모르면 죽음이고

누가 업어 가면 짜증내고
누가 불태우면 달아나는 게 잠이다

아침에 안 일어나면 죽음이고
아침에 그냥 일어나면 잠이다

어느 날
잠은 곧 죽음이 되겠지만.

눈물

가을 하늘 파란 눈물
처마 끝에 매달립니다

안타까운 이 마음 곱게 펴
알뜰히 닦아 드리고프지만

당신 눈물 걷잡을 수 없어
자꾸만 뚝뚝 떨어지네요

몸서리치는 역마살
아비가 차마 원망스러워

파란 가을 하늘 눈시울
그대 사랑 댓돌을 뚫나이다.

최병철

- 2017년 경남신문 신춘문예 시부문 당선
- 김해문인협회 회원
- 장유 율하카페거리 '이데아' 대표

▶▶▶

멀미

파도가 넘기지 못한 길을 혀가 뒤집었어요
국화를 업고 온 구두가
영정사진 속으로 들어가 웃음을 끼워 넣어요
울음이 가늘게 늘어진 저녁
국밥 속에 담긴 소꼬리가 흐물흐물 길을 풀어놓아요

계단을 오르지 못한 구두
온몸에 길을 둘둘 감고 갈대밭에 쓰러져 있었다지요
조문객 사이로 소주잔에 담긴 안부를 물으면
한동안 아궁이를 막고 있던 소문이 전소되어
굴뚝으로 밀려나고 있어요

가족이란 소가죽으로 만든 구두였을까요
바다를 거부한 구두가 일상에게 고삐를 잡히는 순간
외양간을 떠나는 소 울음처럼 길게 멀어져 갔어요
바다의 머리채를 잡아 거꾸로 들면
그를 비켜간 것들이 쏟아져 나올까요
세상의 자전에 대항하다 중심을 잃고
바다에 엎어진 채
다시는 파도 위로 몸을 밀어 올리지 못했어요

뭍으로 옮긴 우리에 빛이 들지 않자
사육하고 있던 그림자가 세상을 뱉어내고
탈출한 것이래요

봄이 문을 열어줄까

처음으로 가을을 물어뜯었다
낙엽이 이빨 사이에 끼였다
청소부가 벤찌로 갈비뼈를 뽑아갔다
겨울이 옆구리를 통과 중이라고
내비게이션이 언질을 줬다

비행기가 날아올랐다
내가 준비한 낙하산은 아무짝에도 쓸모가 없었다
내가 준비한 사다리는 장난감에 불과했다
허공은 내게 참 친절했다
나를 버리기에 적당한 장소였으므로
우리는 궁합이 잘 맞았다

한 번도 애무해 보지 못한 시간이
나를 기다리고 있었다
배웅의 시간을 학습하는 동안
그 계절이 서둘러 문을 닫았다

장어

탁본에 숨겨 둔
심장을 꺼내기로 하고

나는 한편의
긴 시를 만났다

발췌한 내장들로
서사를 열었다

열쇠

생각의 안과 바깥은 달랐으므로 문이 필요했다

문 하나 열어주지 못하는 세상은
자르거나 부수는 것이 아니라
열어야 한다는 것

스스로 열쇠가 되기로 작정했다

꿈은 문밖에 있었으므로
문밖의 혐오에 대해서는 전혀 눈치채지 못했다

항상 직진하는
구멍으로 들어가는 열쇠의 각오를 짐작한다
늘 섬세하지 못해 덜거덕거리다
단단한 문 앞에서 실망을 서술하곤 했다

다음 줄을 찾지 못하고 헤맬 때
청춘이라는 목차가 터널 안으로 진입했다
입으로 눈으로 귀로
구멍으로 들어온 것들이 다 열쇠였는데

〉

책을 읽다가 밑줄을 긋듯
문을 열고 나와 환호하고 싶어
몸으로 들이밀었다

마지막 삽화에 입술을 그려 넣고
다음 생을 열었다

비늘

어항 속에서 팽창하는 물고기 대가리와
부패하는 내장은 비늘을 기억하지 못하므로
세상은 어항을 핑계로 잔잔하다

쓰레기로 버려진 어제와
빨래로 널려있는 내일 사이
우리는 손을 잡고 걸어가고 있는데

지느러미 없는 길을
열어본 적 없는 몸통을 지나
어느 해를 통째 삼켜버린 파도와 유리 너머 바람이
우리의 형식을 지배해 갔다
구르던 너울이 모래에게 거친 욕을 퍼부을 때
곁눈질하던 성난 동화童話는 늙어 바닷가로 돌아왔다

노을이 상심한 만조처럼 차올랐다 기울며
물속에 길을 낼 때
누구도 노골적이지 못한 단단한 껍질로 무장한
살을 가르는 연주는
언젠가 마주칠지 모를 뼈를 따라 악보를 그려 가고 있

는 것인데
　마주 보고 때론 뒤를 보이며
　아무도 원하지 않는 누구나는 누더기가 되어가고

　그리하여
　아무도 모르는 수축에 구멍이 생긴다
　파도는 단단해지기 위해 비늘을 만들고
　바람에게 안부를 넣어 두던 일과
　아직 착공하지 않은 침묵에 대하여 그들은 거래를 시
작하고

　두고 온 어금니를 잇몸이 그리워 피를 토할 때
　그놈은 늦은 장미를 밀어 올렸다.
　저 금속성 울림의 새소리를 물어뜯을 때
　수직의 각도를 조절하고 있는 낭떠러지에게 길을 물으면

　몸통이 버린 비늘과 몸통이 되려는 비늘은
　물을 관통하며 그린 평행선에
　삽질을 한다

인터체인지

어둠이 빛을 운전한다는 사실을 우리는 안다

바지처럼 펼쳐진 도로의 봉제선 안으로
수선하지 못한 풍경을 가르며 질주하는 자동차
가끔은 벗어던지고 싶은 길

가속페달을 밟고 싶은 지점에서
점점 얇아지고 점점 넓어져서
우리가 진정 펄럭이고 싶을 때 어김없이 나타나는 장
례식장
빛이 머물다 되돌아가거나 길을 잃고 미아가 되는 곳

어둠이 먹지로 다가올 때
불빛은 송곳처럼 망자의 닳은 구두를 복사해 간다

얼마나 빨리 달려왔으면 이 시간에 당도할 수 있었을
까
점점 빨라지다 속력이 없어질 때를 과속이라 말한다
과속은 시간을 절약하는 것이 아니라 과식하는 것

그리하여 과속한 자는 시간을 탕진하고
고속도로 출구를 나와 다른 길을 택한다
최고의 속력에서 모든 세상은 멈춘다
생필품 같았던 나의 시간도
누가 쓰고 버린 중고품처럼 세상에 남겨질 것이다

어둠이 운전대를 잡는 밤길
발바닥의 온기가 빠져나간 검은 구두 한 켤레가
상향등 켜고 달린다

국화

나비가 되리라 다짐했다
당신이 노랗게 웃고 있었어
나는 흰배추나비가 되었다

볼이 터질 것 같은 웃음을
너무 많이 삼켜
당신은 점점 배가 불러오고
나는 배춧잎을 세며
그 자리에 뿌리를 깊게 박았다

햇살에 삭은 화분 같은 살림살이가
노란 웃음을 키우고 있었다

우리는 김장을 끝내고
서로의 겨울을 토닥이고 있다

장 정 희

- 2011년 전북일보 신춘문예 시 당선
- 시집 『불기소처분』
- 경남문인협회, 김해문인협회 회원
- 김해문협우수작품집상 수상

▶▶▶

poem house

오늘의 감정

창문을 닫으랍니다
당신도 아프고
당신의 당신이 죽을 수도 있다고

창틀을 뜯고
기침 한 번 했다가
덤터기 쓸 뻔했어요

입은 창문과도 같아서
열어젖힐수록
비가 들이친다나요

오늘의 물방울은
물이 아니라서
거리를 권하는 사회

혼자 밥 먹고 노는 사이
독립심만 본데없이 자라 큰일이에요

별사탕이라도 던져줄까 해서

TV 앞으로 가봤자 노란 비만 쏟아내
출구가 보이지 않네요

피를 흘려야만
상처가 되는 건 아니더군요

살다, 이런 오르막길은 처음이라고
고장 난 거리에서
서로 눈알을 부라려요

입은 여전히 부재중이고
꽃이 필수록 점점 삐딱해지는 창문들
지난 계절의 남쪽이 그리운 건
나만 그런 건가요?

목요일, 오후 네 시

태엽을 풀고 있는 햇살 위로
토끼가 오후를 걷어찰 때

나는 눈앞의 홍삼보다
서랍 속 초코파이에 골몰해

적응하고 있다는 말은
아직도 끙끙 앓고 있다는 것

토끼는 수국꽃 숭어리 같은
엉덩이로 오리온자리까지
내달릴 태세

분침의 모가지가 유난히 길어
코를 고는 목요일
내 눈꺼풀에 끼인 나를 떼 내어
세수를 시킨다

오후 네 시의 엘리베이터는
단지 장식용일 뿐

〉
후들거리는 다리에 토끼를
비끄러맬 수는 없는 일

서랍을 연다
내 허리가 탱탱해지도록
태엽을 감고

커피 물이 끓는 시간

검은 액자 속
길을 까먹은 말이
아카시아 꽃으로 피고 있다

—너거 아부지 다 죽어간다

엄마가 시시때때로
햇살에 버무려 흩뿌리던 말
그 한마디에 유인되어 꿀벌처럼
더듬이라도 들이밀어야 했던

—너거 아부지 다 죽어간다

아버지가 나를 보고 싶어 한다는 말
함께 커피를 마시고 싶어 한다는 말

—너거 아부지 다 죽어간다

때론 발목을 잡던 쓰디쓴 말
세상 어디에도 없는

싱그러운 부름이었다니!

—너거 아부지 다 죽어간다

커피 물이 끓어 넘치는데
엄마 방에 걸려있던 액자가
툭…

아버지, 오셨나요?

보쌈

— 나은. 영진에게

거울 앞에 앉아
나는 나를 볼뿐이었는데
네가 애기똥풀꽃으로 피어
하늘거리더라

오늘도 햇솜 같은
네 얼굴 눈앞에 아른거려
내일은 고속버스를
탈 것 같아

뜨개실로 포대기 짜고
덧버선도 짜신고
깨금발로
네 방에 숨어들 거야

선풍기로 획—달을 날린 후
욜랑욜랑, 노란 손 놀리는
애기똥풀꽃 포대기에 싸서
대문을 넘을 거야

쉿!
오늘 밤 엄마가
네 이름 부르면
자는 척해 줘

어떤 날

때 낀 하루를 그러쥐고
사거리를 지나가는 사람들

파랑은 보란 듯
보라 앞으로 사라져간다
해를 끌고
한 치 망설임도 없이

보라는 파란만장한
기억이 담긴 가방을 들고
바람 앞에 우두커니 서 있고

갑자기 퍼붓는 비
연인 앞에서 질척거리다
가쁜 숨에 금방 엎어져 버리고

노인을 태운 휠체어를 노인이 끌고 간다
방향을 잊었는지
사랑을 캐던 품도 오작동을 일으키는지
점멸등에 겨우 두 발을 떼고

〉
고된 저녁의 발들
곰탕집으로 몰려들 때 우리는
창밖 풍경을 읽으며
사골처럼 너덜너덜해진
시간을 계속 집어먹고 있었다

그 누구의 삶도 문책할 수 없는 날이었다

진눈깨비

슬픔은 사선의 무늬를 가졌다는 걸 아시는지요

울어보지도 못한 채 하수구로 유기되고 말죠

말문을 닫아야 하는 오늘이 딱 그런 날이네요

누구든 좋아요, 창을 열고 내 이야기 좀 들어주지 않을래요?

함부로 짓밟진 마요 제발, 나도 품위란 게 있거든요

당신이 우산을 펴야 할지 고민하고 있으니 눈치만 볼밖에요

고개 빳빳이 치켜든 사철나무를 볼 때면 나는 우울해져요

노란 귤이 내 앞으로 굴러오는데 손발이 다 녹아버려 잡을 수가 없어요

그러고 보니 제대로 무릎 한번 펴본 적 없네요

참 쓸모없는 것이라며 고양이가 중얼중얼 욕을 하며 지나가네요

나도 세상에 경쾌한 종소리 한번 퍼뜨려보고 싶네요

저 먹구름을 잠시만 붙들어 매어 주세요

삼계동 시편 2
　- 한여름 밤의 꿈

　폭염에 업혀 온 초대장을 열자 손수건 펼치며 악수를 청하는 거미. 책상에 거미를 얹어두고 깜빡 졸았던 것일까? 땡볕에 더 단단해진 거미는 사방에 줄을 쳐놓고 황제로 모신다는 소문을 퍼뜨리고 다녔다. 꿈에 빠진 오리들 해반천을 건너가고 구슬치기하던 매미들도 하나둘씩 불려 나와 판을 벌이고 있었다. 서쪽에서 햇볕이 쪼그라들고 있을 때 전화벨 소리에 깬 잠. 그새 베이킹소다처럼 부푼 저녁은 유년의 번지에 징검다리를 놓고 있었다. 거미가 끌고 온 회전목마에 앉아 술잔 사이로 번개 같은 안부가 오갔다. 오늘의 영광은 불판 위 삼겹살처럼 눌어붙었어도 똑같은 기억 하나만으로도 배부른 시간. 매미들의 노래에 사기士氣는 드높아져 다시 깃털의 땀을 털어보는 여름밤. 그땐 몰랐던 출렁다리 같은 생의 맛. 누구는 꽃다발을 받고 누구는 멀미 나는 오늘을 살지만, 해반천 물이 흐를 때까지 우리의 삶은 더 야물어질 것이므로… 코 흘리던 매정마을에 앉아 추억에 잠긴 매미와 아직도 추억을 건져 올리며 불을 밝히고 있는 오리들.

　가슴에 달았던 손수건보다 더 질긴 건 서로 가로등이 되어준 견고한 믿음이 있었기 때문이었다

김미희

- 《문학 21》 등단
- 김해문인협회 회원

▶▶▶

poem house

바이러스 시대

　잠시 각자의 상자 속에 머물러 주세요 바깥은 오리무중이에요 오늘의 기류는 처음이에요 당신은 너무 말랑하고 우리의 습기들은 방랑벽이 있어요 보호막이 필요하죠 기억해야 해요 우리는 하나의 물방울이라는 사실을, 물방울들은 너무 쉽게 서로에게 스며요 경계가 없죠 바람과 구름 사이를 유영하며 손을 잡고 볼을 부비고 헤어지고 다시 만나던 습성 때문 이죠 지금은 홀로되기 연습 기간이에요 당신이라는 물방울을 상자 속에 넣어 두세요 큰 상자 속에 담긴 물감 상자처럼 자신의 빛깔을 간직하세요 혹은 작은 상자 속에 담긴 큰 상자처럼 그리움의 모서리를 조금 접어도 좋아요 아 참! 어제가 오늘에게 건넨 편지함은 열어보지 않아도 괜찮아요. 아마도 안개뭉치가 배달되었을 걸요.

지붕

밤과 낮이 서로 꼬리를 무는
시각을 바라보는 것은
그의 직업이었다
젖고 마르며
얼고 녹으며
자리를 지키는 일이었다
대신 젖는다거나
대신 추웠다거나 하는 문장이
그의 노트에는 없다
조금씩 바뀌는 별자리와
시선이 달라지는 신발들과
밤마다 조금씩 깃털이 여무는 새를
지키고 있었을 뿐
품어 안은 틈의 폭과 깊이를
어떻게 건너셨어요?
아버지.

은유

봄이라는 칼바람과
여름밤의 그치지 않던 폭설
가을 빙판길을
그래도 잘 건너왔다고
그대는 웃으며 상추를 씻네
뼈까지 무른 멸치 쌈을 권하네
잔돌 많은 마당가에 터를 잡은
작약 한 그루
이른 저녁을 차리네
낮은 돌담 안에서
인동넝쿨이 둘러앉아 쌈밥을 먹네
짙푸른 입안이
저릿한 풍경을 삼키고 있네
그리움을 저당 잡혀 약값으로 탈탈 털고
들보와 창틀도 손을 흔들었네
누런 봉투 속에
인감도장 하나 흔들며 돌아오던
세한도 속의 집 한 채
멀리 보이네
먼 섬,

그대가 사는 담장에서
인동 한 줄기 따라 오네
푸른 들숨이 실뿌리를 내리네
시린 발끝을
오래 쓰다듬고 있네.

봄의 머리말

맨 앞쪽에 민들레들의 막사가 있다
겨울 동안 언 땅속에
길고 흰 못 하나를 박으며 지켜낸
임시 거주지
샛노란 커튼들이 보인다

그들에게는 궁리라는 것이 있다
오랜 시간 떠돌며 얻은
바람 면허증이 있다
마른 풀잎 사이에 납작 엎드린 것은
잠시 동안의 딴청이었다

있는 힘을 다해 까치발을 든다
키 작은 민들레는 있으나
키 작은 솜털은 없다
유랑족의 유전자답게
바람의 씨앗을 품었다는 것이다

언덕에 서서 나는 그들이
남긴 유랑일지를 읽는다

허공에 펜촉을 찍어 쓴
머리말이 구름에 닿아 있다

우산

젖기도 전에 미리 젖은 파랑이었다
젖어도 젖지 않아 늘 생글거리던 빨강이었다
빙글 돌리고 싶은 색동이었다
어지럽다며 까르르 웃던 빗방울들
눈을 꼭 감고 날아가고 있었다
하교 길에 딴 연잎이었다
물 구슬을 세며 밭둑을 걸었다
거친 댓살 위의 비닐이었다
비가 와도 푸른 하늘이던 창문이었다
뒷산 허리 굽은 갈참나무였다
빗방울마다 다른 무게가
낱낱의 잎사귀를 두드리는 소리의 겹겹을
가만히 들어 보렴, 속삭이고 있었다
얇은 손수건이었다 어느 처마 밑이었다
비의 발끝이 지나가면
파문과 파문이 서로 손가락을 걸던
그물무늬의 오후였다
핸드백이었다
어느 날의 외투였다
쓸쓸한 날의 책꽂이였다

비 냄새 묻은 행간들이 장마 뒤의 잠자리처럼
젖은 날개를 말리고 있었다.

딸기

그것은 깊은 잠에서 깬 듯
두리번거리고 있다
여기가 어디냐고, 겉면에 말라붙은
바랜 꽃잎이 묻는다
새하얀 초침을 부비며
어린 과육 속에 꽃불을 지피던
그는 귀퉁이가 헤진 쪽지가 되었다
여기에 다다르고 있다
접힌 주름살의 틈새에
촘촘하게 찍힌 생멸의 문양들이
아른아른 보인다
시신경이 잠시 수돗물을 흘리고 있다
겹겹의 장소를 바람처럼 통과한
딸기와 꽃잎과 나는
서로의 여기를 읽으려 하지만
세 겹, 네 겹, 무한대의 겹이
한꺼번에 섞이고 있다
눈뭉치처럼 뭉쳐진 여기가
잠시 거기를 다녀오는
동안,
시간의 껍질이 어디론가 떠내려간다

처방전

어깨를 짓누르는 것은 어둠이다
이 통증을 몇 단계라고 생각해?
고슴도치 털을 세운 초침소리가 묻고 있다
간 한 조각 떼어주면 안 잡아먹지,
밤은 검은 털복숭이 손을 내민다

햇살을 쪼이며 걸으세요, 처방전은
풀잎처럼 한가롭다
구겨서 던질 만큼 가볍다

걸음 대신 햇살을 끓이고 있다
대추의 속살이 풀리고 있다
섬유소마다 고여 있던
길과 벽의 곡절
빨간 볼에 각인되었던 식물의
불면이 부글거린다
질풍과 폭우의 밤들이
대추 몇 알 사이에 두고 간 것이
거품,
물거품뿐이라는 듯이

서리꽃이 오고 있다

서릿발이 다녀간 풀숲에서
이름을 부르고 있다
새 길로 가는 플랫폼을 찾는다
이름만이 길이란 것을
더듬이는 안다

끝없는 타전이다
계절을 가로지르는 발신음이다
기다림과 조바심의
음과 음 사이에 틈이 성글다
메아리가 허공을 딛고 있다

부르는 이름과 부르다 마는
이름 곁에
협곡이 누워 있다

마른 수숫대처럼 갈라지는
너덜너덜한 울대
음절에 마른 잎이 묻어 있다

이름은 아직 멀고
저만치 서리꽃이 오고 있다.

포앰하우스 19집

진눈깨비

김미정

- 2020 《시현실》 등단
- 시산맥 영남시동인회
- 김해문인협회 회원

▶▶▶

poem house

장미의 뱀

안쪽 발목으로 찾아갔어요
노출되는 바깥쪽은 시들기 쉬워요

나만의 포인트가 필요했으니까요
고급스럽고 기품있는 분위기만을 좇아갈 수 없잖아요

가시부터 비늘까지
하나하나 정밀해지고 싶어요
섹시한 매력을 입혀요

줄리앙 아그리파를 데생하던 디테일한 터치감은
도발적인 감성으로 검게 돋아났어요

다리를 자주 꼬아 앉게 됩니다
걸을 때 은근슬쩍 보여 줄게요

걸어 다니는 거리가 한껏 빛나는 걸 보니
어제가 끝이 아니었군요

아직도 천진무구해지고 싶은

발목입니다

목덜미, 쇄골, 팔꿈치 지나 손가락까지
다시 번역합니다

망종입니다
보리가 누레지는,

슬도*

바람이 심하게 불어오니 고래가 튀어 오른다
조개 불가사리 모양이 박혀있는 테트라포드가 출렁거
린다
파란 하늘과 맞닿은 바위섬
사납게 파도가 밀어닥치면 왕 곰보 돌은 서로를 껴안
는다

날리는 머리카락을 움켜잡으며
성끝마을 깊숙이 파고들었다
물빛은 어릴 때 놀던 대청 계곡처럼 맑았다
돌과 물미역 사이로 물고기들이 숨바꼭질한다

속을 드러내는 일은 언제나 자신 없다
한쪽 발이 어딘가 빠진 기분으로 조약돌을 쌓는다
그때는 어떤 이유가 아팠을까
기억나지 않는 아픔을 버리지 못하고 차곡차곡 수집하
는 그녀 얼굴이 비쳐
다시 외면하지

슬도명파는 곡비되어 토해낸다

당신 가실 때 퍼붓던 장대비 소리다
부서져도 다시 밀려오는 소리의 내력 속에
차마 울지도 못하고 서 있는 나를 만나는 일이다

귀 기울여 침묵하는데
대책 없이 유채꽃이 만발한다

* 울산 방어진의 작은 바위섬. 갯바람과 파도가 바위에 부딪칠 때 거문고 소
  리가 난다고 하여 '슬도'라 불림.

결빙의 습관

길을 잃었다
천장을 뚫고 흘러나왔다
열선은 싸늘해지고
통과하지 못한 예감은 멍이 들었다
바람의 나부낌도 무게로 다가와
눈물의 흔적을 씻어 내려야 하는
폭포가 생겼다
흥건한 바닥에 물고기는 아직 오지 않았다
일단 잠그기로 하자

틈은 쉽게 드러나지 않는다
젖은 가슴을 닦는다
기다림이 시작되었다

서로를 관통하지 못하고 얼어버린
검은 공터가 넓어져 간다

오로지 너를 통해서만 읽혔던 세상일들이
깊이와 길이를 잴 수 없는
흐르지 않는 물의 길

조용히 다문 결빙은 습관으로 변질되었다

동파된 가슴을 동여맨다고
처음으로 돌아갈 수는 없다
잃어버렸던 표정을 하나씩 찾아 나서기로 하자

너의 혈관 안에
나의 맥박이 숨 쉴 수 있도록
얼음장 물꼬를 튼다

그의 공구 통에서 겨울이 부서진다

손톱의 낮잠

손가락 끝에도 길이 있을까
손톱이 길어졌다

기억나지 않던 기억이 살아났다
새벽이 오기 전에 깨어나는 새의 심장처럼
손금이 요동친다

제때 깍지 못한 손톱
어제 자라 난 길이보다 오늘 자라는 길이가
더 긴 사연을 찾아
내일을 자극한다

내 속에서 걸어 나온 손톱이
내 것이 아니라는 표정으로 떠 있는
낮달

물컹했던 통증의 내부
그때마다 만나는 눈물의 염도
길보다 더 길게 자라나
하늘을 단단하게 포장하는 시간

〉
손가락 끝에서 심장이 뛴다
천천히 당신이 보인다

분실물 보관함

억새꽃은 눈은 있지만 입술이 없다. 주인을 찾아주세요. 안내데스크에 맡기며 시락국밥집 앞에서 주웠다고 한다.

단축키 일 번을 꾸욱 눌렀다. 저장된 연락처가 없습니다. 전화가 오기만을 기다리는 순간이 가을 강처럼 깊어간다. 접혀있는 시간을 열어본다. 시들어 버린 빈 하늘과 마른 햇볕에 닳아버린 애기동백 한 송이가 들어 있다.

소리가 들린다. 단풍나무 속에서 허리가 푹 꺾인 할머니가 걸어 나온다. 꽃 진 살구나무처럼.

누런 이를 보이며, 스러진 청춘이 숫자처럼 박혀있는 폰 속으로 더듬더듬 걸어온다. 사라진 기억보다 돌아온 기억 쪽으로 가까워지려는 모습이다

어진이

그러니까 그는 어진이가 태어나는 줄도 몰랐다 그날 금
줄에는 숯과 솔가지가 달려 있었다 동네 사람들은 어질
어라 어질어라 어진이라 불렀다 태어날 때부터 울음보를
가지고 태어난 어진이는 항상 옆구리가 시렸다 업히기를
좋아했고 기우뚱 기울어져 어딘가에 기대어 있었다 누군
가 한 사람은 허약한 곁을 쓰다듬고 지켜 주어야 했다

첫울음을 안아주지 못한 그는 호인댁 집 앞에는 금줄
에 고추까지 달렸더라며 되려 성난 목소리로 마당을 쩌
렁쩌렁 채우고 방으로 들어갔다 엄마 혼자서 아이를 낳
느라 하늘이 노래지는 산고를 치르고 있을 때 그는 자식
이 태어나는 줄도 모르고 동네 개울에 빠진 처녀를 건져
내고 있었다 사람들로 빙 둘러싸인 채 싸늘해진 시신을
수습하느라 땀을 줄줄 흘리며 산고 아닌 산고를 치르고
있었던 것이다 해마다 딸 생일이 다가오면 추월골 용지
방에는 처녀의 혼을 구하는 굿판이 출렁거렸다

늦은 그 날, 아버지는 검게 그을린 얼굴에 어진이의 발
도장을 둥글게 찍고 또 찍고 늙은 주름 사이로 뜨거움은
<u>흐르고 흐르고</u>

그림으로 들어간 여자

구름의 얼굴을 보듬고 걸터앉은 여자는
왼쪽 한 귀퉁이 비파나무 아래로 뛰어내렸다

첫발은 초록 들판이었다
새벽빛으로 밝아지는 절벽을 향하여
세상에서 제일 큰 날개를 펼쳐
물결치는 뿌리를 심었다

하늘과 바다가 닿을 듯
어디쯤 섬이 될까
하늘을 뒤집고 싶은 새 떼
빠른 날갯짓으로 파도를 핥는다

그림은 보물찾기라는 제목이 붙여져 있다
보물을 찾으러 떠난다
찾지 못하면 찾을 때까지
단단히 묶인 시선
사방을 샅샅이 훑어본다
만지면 가짜가 되는 절벽 위로
새는 흩어지고

파도는 가지도 오지도 않는다

그림을 펼쳐 놓은 사람들
보이지 않게 꼭꼭 숨겨둬야지
무엇이든 찾기는 쉽지 않다
찾아낼 수 있는 보물은 보물이 될 수 없다
여자는 자기 얼굴을 만질 수 없다

다시 새를 찾아 나선다
희미해지는 섬
보물이 스스로 나타나기만을 기다리면 된다고
그림 밖으로 슬쩍 한쪽 발을 내밀었다가 걸어 들인다
그것은 있기도 하고 없기도 하다
보물을 찾으러 그림으로 들어간 여자가
보이지 않는다

스르르 눈을 감아 본다
당신이 보일지도

포앰하우스 19집

진눈깨비

박상길

- 《학원》 등단
- 에세이집 「아들! 요즘 좀 어떠니?」
- 김해문인협회 회원

poem house

봉하

당신의 나라에

눈물이 비처럼 내렸던

그날이 언제였던가

늘 분노로 우울한 이들이 서성이고

권력을 쫓는 부나비와

눈도장 찍을 허수아비들이

국화꽃 한 송이와 줄을 서는 곳

시시로 그냥 보고 싶어 가는 우리는

항상 뒷줄이었지

사람 사는 세상을 보고 싶었던 이웃들이

한 줄기 향 연기를 사르는

수반의 조약돌이 빛을 토하고

연못의 잉어가 펄떡이는 곳

막 피어난 가두리 연꽃에 어리는

당신의 파안대소하던 얼굴이 보고프다

살아있어도 잊고 싶은 위인이 있는가 하면

죽어 세월 한참 지났는데도 더 그리운 이가 있다

언제 어느 때라도 팔 벌려 껴안아 주는

그 사람, 봉하에 있다

할머니의 나라

음력 섣달 초아흐렛날

할머니는 집을 나가셨다

하늘나라가 있긴 있을까

일 년 삼백 예순 닷세를

새벽에 기침하여

흰 모시 적삼 아래

백설 같은 젖가슴을 내놓으시고

백발을 감으셨던

한겨울 얼음물을 덥히느라

평생 새벽잠을 잃으셨던 어머니

들어 접어 뒤로 넘기는 면경을 굽어보시며

대청마루에서 할머니는 쪽을 지시고

곰방대로 재떨이를 끌어당기며

지긋이 산을 바라보시면

댓돌 뒤로 날아간 고무신을 찾아 끌고

사랑채 할아버지를 모시러 가야 했다

어머니는 무언가 중얼거리시며

아침밥을 지으시고

새벽 논에 다녀오신 아버지

한 짐 소 풀을 내려놓으셨다

사랑채 옆문으로 할아버지 어른거리면

할머니 재떨이 두어 번 치시고

아침밥상이 들어왔다

손에 물 안 묻히며 자랐다는 할머니

팔순이 넘도록 어머니를 못마땅해 하셨고

밥상이 엎어질 적마다

소리 없는 눈물이 담을 넘었다

할머니 노하시는 날엔 늘 아버지 없으셨고

이 집을 어서 나가야지, 나는 증오했다

할머니 마실 가신 밤이면

할아버지 동치미 원해 어머니 다독이시고

어린 동생과 시린 손끝을 불며

이웃을 찾아 나섰다

골목길에서 건네주시는 알사탕 두어 개

몇 걸음 앞을 밝혀주는 등불만큼이나 소중했다

밖에서 보는 할머니의 그 다정함

할머니는 왜 두 모습이었을까

그 해답을 몰라 아직도 가끔 꿈속을 헤맨다

할머니 노환에 드신 3년여

조석으로 밥 떠먹이시는 어머니에게

고맙다 고맙다, 하셨지만

우리 어머니 진정 마음이 풀리셨는지

나에겐 극진하셨던 애증의 내 할머니

입대 사흘 전

시린 가슴을 뭉개고 살았던 집안 장손이

윗동네 문중 큰 어르신을 찾아가

우리 어머니 불쌍하다 목놓아 울었다는데

아버지 그 얘기 들으셨는지

편지 한 장 없이 월남으로 떠났을 때도

아무 말씀 없으셨다

당신이 노인 되어 대소변 수발할 적에

장손은 낙향하여 아버지 곁을 지켰고

어머니는 며느리들을 곁에 두지 않으셨다

어릴 적 부엌에서 들었던 나지막한 노래가

나무 관세음보살이었다는 걸

소천하시기 전 부르시던 아버지의 회심곡은

미안함이었을까

하늘나라 따로 있어 훗날 나 거기 간다면

우리 할머니 만나 물어보고 싶다

할머니 어머니한테 왜 그러셨느냐고

눈길

웬 사내가 비틀거리며 산길을 올라오는데 온 얼굴이 잔뜩 부어 있었네.

어쩐 일이냐고 물어도 대답도 없이 그냥 손짓으로 저기 좀 가자는데 그는 우체부라네. 눈을 헤치며 엉거주춤 산길을 내려가다 보니, 저만치 눈 속에 뭔가가 누워 있었네. 씨이벌, 혀를 차는 사내의 발걸음이 멈추는 그곳, 오토바이가 처박혀 있었다네. 이 오지 사무실에 아침 신문 한 부 배달하려다가 눈길에 미끄러졌나 본데 실린 짐이 많아 혼자서는 일으킬 수 없었다 하네. 참 미안하기 그지없네. 둘이서 젖 먹던 힘을 다해 오토바이를 일으키려 용을 쓰다가, 이런! 우체부의 구두 한쪽이 터져 버렸네. 내 마음도 소리 없이 찢어졌네. 눈에 젖은 신문 한 부를 받아들고서 멋쩍어 그냥 커피 한잔하시자고 권했지만, 그는 단박에 거절했었네. 무안했다네. 작년 이맘때 신문을 끊자고 윗선에 건의했다가 이래저래 말이 많아서 그냥 두었더니 오늘 사람 잡을 뻔하였네. 어디 다치지는 않았는지, 칼보다 세다는 무관의 제왕을 만나는 길이 이렇게 험난하다는 걸 오늘 새삼 깨달았네. 먹고사는 일이 참 장난이 아니라네.

까마귀

으아, 으아
간밤 까마귀에게 무슨 일이 있음이 틀림없다
저리 까마득한 가지에 홀로 앉아서
저렇게 억울하게 울 수가 있나
가슴이 턱 막혔던 분노
당신도 억울해서 울어본 적이 있었던가
너무 분해서 목소리가 잠겼던
그래서 높은 델 오르나 보다
잘난 놈 가진 놈 구태 꼰대
발아래 굽어보며 얻었던 잠시의 위안
말하지 않아도 알아듣고
보이지 않아도 내 속을 알아주는
그런 살맛 나는 세상은 언제 올까
오늘도 까마귀는 높은 곳을 오른다

포앰하우스 19집

○

진눈깨비

이복희

· 김해문인협회 회원
· 김해영운고등학교 재직

poem house

▶▶▶

님 마중
나지막한 회현마을
디스카운트
반려
해반천 개망초 70
성품

님 마중

화관을 머리에 이고 덩실덩실 춤을 춰요
뛰는 가슴을 부여안고 님 마중하렵니다

그리 수월하지는 않았어요
찰랑이는 밤을 수없이 보냈어요
특별한 감정을 품고 만나려고 했어요
무모한 짓일까 두렵기도 했어요

서릿발에 잘 견딘 겨울이 지나야
따사로운 봄을 맞이하듯
채 녹지 않은 땅에 무릎을 내려야
꽃마리꽃 얼굴을 볼 수 있듯
도처에 님의 향기 가득 고인 분들을 알현했어요

가슴에 자리한 고향으로 오세요
보랏빛 제비꽃으로 봄같이 오시고
화사한 속살 같은 벚꽃으로 봄같이 오시고
황금빛 단감꽃으로 봄같이 오소서

벅찬 가슴이에요

김해를 빛낸 인물 33인,

님들은 큰 선물입니다

오랜 결핍의 세월을 이겨낸 황금들녘으로 오소서

나지막한 회현마을

봉황대 계단에 앉은 사람들
색색깔 무늬를 입힌 벽
지붕들, 골목, 욕심 없는 텃밭
나지막한 사람들 사람들

왕을 함부로 거스를 수 없어
나지막이 움직이고
나지막이 생활하고
나지막이 말하고

삶이,
지금 여기에서,
한가함이 흩날려요

디스카운트

재래시장 콩나물 사면서
더 깎아달라 더 넣어달라
디스카운트하지 말아요
한 푼이라도 더 벌어
쌀밥 먹고자 시루를 펼쳤어요
콩나물 키우려
시시때때로 맑은 물을 부었어요

평온한 마음으로 살고자
삶의 시루를 펼쳤어요
직관인 척
디스카운트 하지 말아주세요
here & now,
자율로 살아가고자
자각, 자발, 친밀을 나누거든요

반려

기안 올린 문서가 반려되었다

반려문서
반려사안
반려심리
반려인간

차라리
반려동물이고 싶다

해반천 개망초 70

희끗희끗 흐드러지게 핀 개망초
내 눈도 희끔희끔
꽃도 희끔희끔
땅콩만한 꽃송이에 꽃잎이 가득해요

걷다가 툭 던진 그 말씀
"개망초 꽃잎이 몇 갈래인지 아나요?"
그 꽃잎을 뙤약볕 아래에서 세었어요
더도 덜도 아닌 딱 70

70을 향해 끊임없이 밥을 먹고 있어요
허투루 먹지 않으려고 꼭꼭 씹어 먹어요
해반천 흐르듯 흘려보내요
가뭄엔 실개천처럼
홍수엔 거대 협곡처럼

고맙습니다
사랑합니다

성품

돈을 주고서라도 사 먹는다는 외할머니떡

먹는 사람 마음,
입으로 들어간 떡을
성품으로 뱉어낸다

"쫌, 맛있기는 하네."

양민주

- 2015년 《문학청춘》 등단
- 시집 『아버지의 늪』, 『산감나무』
- 수필집 『아버지의 구두』, 『나뭇잎 칼』
- 원종린수필문학작품상, 김해문협우수작품집상
  경남문인협회우수작품집상 수상

▶▶▶

진창길
은행을 굽다
계곡물 소리
오다가 만 눈
낙동강 어머니
낙동강 아버지
길 위의 뱀

poem house

진창길

땅이 질어 곤죽같이 된
흙길 밟으며 간다
밥상머리 아버지 계시고
흰 수건 두른 어머니와
미역국에 밥 말아 먹던 곳
마당 가 석류가 빨갛게 익어
수줍게 맞이하던 곳으로
진흙 길 밟으며 간다
여름비 맞으며
아무도 차려주지 않는
생일상 받으러
내 고향 진창리里 간다

은행을 굽다

은행 알맹이를
아궁이에 집어넣으면
불구덩이 속에서 펑! 펑! 터진다
은행에는 소리가 숨어있었다
소죽솥에는 김이 피어오르고
소가 눈을 껌벅인다
순간 또 터지는 은행
나는 눈을 질끈 감는다
소를 매어둔 감나무에선
붉게 물든 감잎이 떨어졌다
고요하다
알맹이 속에 숨어있던 소리가
다 나왔나 보다
은행을 또 굽고 싶다

계곡물 소리

한바탕 소나기 지나갔다
빗물 흘러 물길이 나고
물은 계곡 따라 흐른다

철쭉나무 박달나무 상수리나무
고로쇠나무 물오리나무 붉나무
불러서 줄을 세우고
그 사이로 열병하듯 흐른다

별도 달도 없는 캄캄한 밤
바위에 홀로 누워 물소리 듣는다
자장가 소리 듣는다

오다가 만 눈

산꼭대기 하얀 눈 보이는데
거리에는 눈이 없다
어머니처럼 나를 보러 오시다가
짐 될까 짐작하여
산마루에 주저앉아 버린 것일까
어둠을 틈타 내리다가
새벽 동살에 하얗게 센 머리로
쉬어가듯 걸음을 멈추고
나를 바라보고 있다
찬바람 부는 거리에서 산꼭대기
하얀 눈을 하염없이 바라본다

낙동강 어머니

지척에 낙동강을 두고 자란 나는 낙동강을 또 다른 어머니라고 생각했다 낙동강 고운 모래밭에서 자란 땅콩은 아기 똥색 꽃을 피웠다 어머니가 아기 낳아 기르듯 낙동강이 땅콩을 키웠다 낙동강이 나를 키웠다

낙동강 아버지

아버지는 강에서 키운 땅콩을 낙화생이라고 불렀다 낙
동강을 좋아해서 그랬을까? 껍질째 삶은 땅콩이 대소쿠
리에 담겨 있으면 "민주야 낙화생 좀 가져 오너라"하셨
다 "낙화생이 뭐예요" 물으면 "왜 콩이지"하고 대답하셨
다 "왜 콩은 또 뭐람"하면서 소쿠리 들이밀면 아버지는
땅콩을 까서 맛있게 드셨다

길 위의 뱀

말없이 길을 간다
고개를 세우고
비에 젖은 몸뚱어리로
정처 없이 기어간다
기어가다 잠깐 멈추어
가만히 엎드렸다가 일어선다
오체투지의 어설픈 절로
자신의 죄를 사하듯 일어선다